EL
CUENTO
MÁS
HERMOSO
DEL
MUNDO

ALMA CLÁSICOS ILUSTRADOS

RUDYARD KIPLING

EL
CUENTO
MÁS
HERMOSO
DEL
MUNDO

Traducción de Jorge Luis Borges

Ilustrado por
Iratxe López de Munáin

Título original: *The Finest Story in the World*

© de esta edición:
Editorial Alma
Anders Producciones S.L., 2023
www.editorialalma.com

 @almaeditorial

© de la traducción: María Kodama, 1995
© de las ilustraciones: Iratxe López de Munáin

Diseño de la colección: lookatcia.com
Diseño de cubierta: lookatcia.com
Maquetación y revisión: LocTeam, S.L.

ISBN: 978-84-19599-18-6
Depósito legal: B-10688-2023

Impreso en España
Printed in Spain

Este libro contiene papel de color natural de alta calidad que no amarillea (deterioro por oxidación) con el paso del tiempo y proviene de bosques gestionados de manera sostenible.

EL CUENTO MÁS HERMOSO DEL MUNDO

Se llamaba Charlie Mears, era hijo único de madre viuda, vivía en el norte de Londres y venía al centro todos los días, a su empleo en un banco. Tenía veinte años y estaba lleno de aspiraciones. Lo encontré en una sala de billares, donde el marcador lo tuteaba. Charlie, un poco nervioso, me dijo que estaba ahí como espectador; le insinué que volviera a su casa.

Fue el primer eslabón de nuestra amistad. En vez de perder tiempo en las calles con los amigos, solía visitarme, de tarde; hablando de sí mismo, como corresponde a los jóvenes, no tardó en confiarme sus aspiraciones: eran literarias. Quería forjarse un nombre inmortal, sobre todo a fuerza de poemas, aunque no desdeñaba mandar cuentos de amor y de muerte a los diarios de la tarde. Fue mi destino estar inmóvil mientras Charlie Mears leía composiciones de muchos centenares de versos y abultados fragmentos de tragedias que, sin duda, conmoverían al mundo. Mi premio era su confianza total; las confesiones y problemas de un joven son casi tan sagrados como los de una niña. Charlie nunca se había enamorado, pero deseaba enamorarse en la primera oportunidad; creía en todas las cosas buenas y en todas las cosas honrosas, pero no me dejaba olvidar que era un hombre de mundo, como cualquier empleado de banco que gana veinticinco chelines por semana. Rimaba *amor* y *dolor, bella* y *estrella,* candorosamente seguro de la novedad de esas rimas. Tapaba con apresuradas disculpas y descripciones los grandes huecos incómodos de sus dramas, y seguía adelante, viendo con tanta claridad lo que pensaba hacer que lo consideraba ya hecho, y esperaba mi aplauso.

Me parece que su madre no lo alentaba; sé que su mesa de trabajo era un ángulo del lavabo. Esto me lo contó casi al principio, cuando saqueaba mi biblioteca y poco antes de suplicarme que le dijera la verdad sobre sus esperanzas de «escribir algo realmente grande, ya sabe». Quizá lo alenté demasiado, porque una tarde vino a verme, con los ojos llameantes, y me dijo, trémulo:

—¿A usted no le molesta..., puedo quedarme aquí y escribir toda la tarde? No lo molestaré, se lo prometo. En casa de mi madre no tengo donde escribir.

—¿Qué pasa? —pregunté, aunque lo sabía muy bien.

—Tengo una idea en la cabeza que puede convertirse en el mejor cuento del mundo. Déjeme escribirlo aquí. Es una idea espléndida.

Imposible resistirse. Le preparé una mesa; apenas me dio las gracias y se puso a trabajar enseguida. Durante media hora la pluma corrió sin parar. Luego Charlie soltó un suspiro y se pasó las manos con fuerza por el cabello. La pluma corrió más despacio, las tachaduras se multiplicaron, la escritura cesó. El cuento más hermoso del mundo no quería salir.

—Ahora parece tan malo... —dijo lúgubremente—. Sin embargo, era bueno mientras lo pensaba. ¿Dónde está el fallo?

No quise desalentarlo con la verdad. Contesté:

—Quizá no estés en ánimo de escribir.

—Sí, pero cuando leo este disparate...

—Léeme lo que has escrito —le dije.

Lo leyó. Era prodigiosamente malo. Se detenía en las frases más ampulosas, a la espera de algún aplauso; porque estaba orgulloso de esas frases, como es natural.

—Habría que abreviarlo —sugerí cautelosamente.

—Odio mutilar lo que escribo. Aquí no se puede cambiar una palabra sin estropear el sentido. Queda mejor leído en voz alta que mientras lo escribía.

—Charlie, adoleces de una enfermedad alarmante y muy común. Guarda ese manuscrito y revísalo en una semana.

—Quiero acabarlo enseguida. ¿Qué le parece?

—¿Cómo juzgar un cuento a medio escribir? Cuéntame el argumento.

Charlie empezó a hablar, y en su narración encontré todas las cosas que su torpeza le había impedido trasladar a la palabra escrita. Lo miré, preguntándome si era posible que no percibiera la originalidad, el poder de la idea que le había salido al encuentro. Con ideas infinitamente menos practicables y excelentes se habían infatuado muchos hombres. Pero Charlie proseguía serenamente, interrumpiendo la pura corriente de la imaginación con muestras de frases abominables que pensaba emplear. Lo escuché hasta el fin. Era insensato abandonar esa idea a sus manos incapaces, cuando yo podía hacer tanto con ella. No todo lo que sería posible hacer, pero muchísimo.

—¿Qué le parece? —dijo al fin—. Creo que lo titularé «La historia de un buque».

—Me parece que la idea es bastante buena; pero todavía estás lejos de poder aprovecharla. En cambio, yo...

—¿A usted le serviría? ¿La quiere? Sería un honor para mí —dijo Charlie enseguida.

Pocas cosas hay más dulces en este mundo que la inocente, fanática, destemplada, franca admiración de un hombre más joven. Ni siquiera una mujer ciega de amor imita la manera de caminar del hombre al que adora, ladea el sombrero como él o intercala en la conversación sus dichos predilectos. Charlie hacía todo eso. Sin embargo, antes de apoderarme de sus ideas, yo quería apaciguar mi conciencia.

—Hagamos un arreglo. Te daré cinco libras por el argumento —le dije.

Instantáneamente, Charlie se convirtió en empleado de banco:

—Es imposible. Entre camaradas, si me permite llamarlo así, y hablando como un hombre de mundo, no puedo. Tome el argumento, si le sirve. Tengo muchos otros.

Los tenía —nadie lo sabía mejor que yo—, pero eran argumentos ajenos.

—Míralo como un negocio entre hombres de mundo —repliqué—. Con cinco libras puedes comprar una cantidad de libros de versos. Los negocios son los negocios, y puedes estar seguro de que no abonaría ese precio si...

—Si usted lo ve así —dijo Charlie, visiblemente impresionado con la idea de los libros.

Cerramos trato con la promesa de que me traería periódicamente todas las ideas que se le ocurrieran, tendría una mesa para escribir y el incuestionable derecho de infligirme todos sus poemas y fragmentos de poemas. Después le dije:

—Cuéntame cómo te vino esta idea.

—Vino sola.

Charlie abrió un poco los ojos.

—Sí, pero me contaste muchas cosas sobre el héroe que tienes que haber leído en alguna parte.

—No tengo tiempo para leer, salvo cuando usted me deja estar aquí, y los domingos salgo en bicicleta o paso el día entero en el río. ¿Hay algo que falta en el héroe?

—Cuéntamelo otra vez y lo comprenderé claramente. Dices que el héroe era pirata. ¿Cómo vivía?

—Estaba en la cubierta de abajo de esa especie de barco del que le hablé.

—¿Qué clase de barco?

—Eran esos que andan con remos, y el mar entra por los agujeros de los remos, y los hombres reman con el agua hasta la rodilla. Hay un banco entre las dos filas de remos, y un capataz con un látigo camina de una punta a otra del banco, para que trabajen los hombres.

—¿Cómo lo sabes?

—Está en el cuento. Hay una cuerda estirada, a la altura de un hombre, amarrada a la cubierta de arriba, para que se agarre el capataz cuando se mueve el barco. Una vez, el capataz no da con la cuerda y cae entre los remeros; el héroe se ríe y lo azotan. Está encadenado a su remo, naturalmente.

—¿Cómo está encadenado?

—Con un cinturón de hierro, clavado al banco, y con una pulsera atándolo al remo. Está en la cubierta de abajo, donde van los peores, y la luz entra por las escotillas y los agujeros de los remos. ¿Usted no se imagina la luz del sol filtrándose entre el agujero y el remo, y moviéndose con el barco?

—Sí, pero no puedo imaginar que tú te lo imagines.

—¿De qué otro modo puede ser? Escúcheme, ahora. Los remos largos de la cubierta de arriba están movidos por cuatro hombres en cada banco; los remos intermedios, por tres; los de más abajo, por dos. Acuérdese de que en la cubierta inferior no hay ninguna luz, y que todos los hombres ahí se enloquecen. Cuando en esa cubierta muere un remero, no lo tiran por la borda: lo despedazan, encadenado, y tiran los pedacitos al mar, por el agujero del remo.

—¿Por qué? —pregunté asombrado, menos por la información que por el tono autoritario de Charlie Mears.

—Para ahorrar trabajo y para asustar a los compañeros. Se precisan dos capataces para subir el cuerpo de un hombre a la otra cubierta, y si dejaran solos a los remeros de la cubierta de abajo, estos no remarían y tratarían de arrancar los bancos, irguiéndose a un tiempo en sus cadenas.

—Tienes una imaginación muy previsora. ¿Qué has estado leyendo sobre galeotes?

—Que yo me acuerde, nada. Cuando tengo oportunidad, remo un poco. Pero tal vez he leído algo, si usted lo dice.

Al rato salió en busca de librerías y me pregunté cómo un empleado de banco de veinte años había podido entregarme, con pródiga abundancia de pormenores dados con absoluta seguridad, ese cuento de extravagante y ensangrentada aventura, motín, piratería y muerte en mares sin nombre.

Había empujado al héroe por una desesperada odisea, lo había rebelado contra los capataces, le había dado una nave que comandar, y después una isla «por ahí en el mar, ya sabe»; y encantado con las modestas cinco libras, había salido a comprar los argumentos de otros hombres, para aprender a escribir. Me quedaba el consuelo de saber que su argumento era mío, por derecho de compra, y creía poder aprovecharlo de algún modo.

Cuando nos volvimos a ver estaba ebrio, ebrio de los muchos poetas que le habían sido revelados. Sus pupilas estaban dilatadas, sus palabras se atropellaban y se envolvía en citas, como un mendigo en la púrpura de los emperadores. Sobre todo, estaba ebrio de Longfellow.

—¿No es espléndido? ¿No es soberbio? —me gritó luego de un apresurado saludo—. Oiga esto:

> *Wouldst thou — so the helmsman answered,*
> *Know the secret of the sea?*
> *Only those who brave its dangers*
> *Comprehend its mystery.*[1]

---

[1] —¿Quieres —dijo el timonel— / saber el secreto del mar? / Solo quienes afrontan sus peligros / comprenden su misterio.

—¡Demonio! *Only those who brave its dangers comprehend its mystery* —repitió veinte veces, caminando de un lado a otro, olvidándome—. Pero yo también puedo comprenderlo —dijo—. No sé cómo agradecerle las cinco libras. Oiga esto:

> *I remember the black wharves and the slips*
> *And the sea-tides tossing free;*
> *And the Spanish sailors with bearded lips,*
> *And the beauty and mystery of the ships,*
> *And the magic of the sea.*[2]

»Nunca he afrontado peligros, pero me parece que entiendo todo eso.

—Realmente, parece que dominas el mar. ¿Lo has visto alguna vez?

—Cuando era chico estuvimos en Brighton. Vivíamos en Coventry antes de venir a Londres. Nunca lo he visto...

> *When descends on the Atlantic*
> *The gigantic*
> *Storm-wind of the Equinox.*[3]

Me tomó por el hombro y me zamarreó para que comprendiera la pasión que lo sacudía.

—Cuando viene esa tormenta —prosiguió—, todos los remos del barco del que le hablaba se rompen, y los

---

2   Recuerdo los embarcaderos negros, las ensenadas / y la agitación de las mareas; / y los marineros españoles, de labios barbudos, / y la belleza y el misterio de las naves / y la magia del mar.

3   Cuando baja sobre el Atlántico / el titánico / viento huracanado del equinoccio.

mangos de los remos destrozan el pecho de los remeros. A propósito, ¿ha sacado usted provecho de aquella idea que le di?

—No, esperaba que me contaras algo más. Dime cómo conoces tan bien los detalles del barco. Tú no sabes nada de barcos.

—No me lo explico. Es del todo real para mí hasta que trato de escribirlo. Anoche, en la cama, estuve pensando al respecto, después de que usted me prestara *La isla del tesoro*. Y se me ocurrieron un montón de cosas para el cuento.

—¿Qué clase de cosas?

—Sobre lo que comían los hombres: higos podridos y habas negras y vino en un odre de cuero que se pasaban de un banco a otro.

—¿Tan antiguo era el barco?

—Yo no sé si era antiguo. Solo es una idea, pero a veces me parece tan real como si fuera cierta. ¿Le aburre que le hable de eso?

—En lo más mínimo. ¿Se te ocurrió algo más?

—Sí, pero es un disparate. —Charlie se ruborizó algo.

—No importa; dímelo.

—Bueno, pensaba en el cuento, y al rato salí de la cama y apunté en un pedazo de papel las cosas que podían haber grabado en los remos, con el filo de las esposas. Me pareció que eso le daba más realidad. Para mí todo esto es muy real, ¿sabe?

—¿Tienes el papel?

—Sí, pero para qué mostrarlo. Son unos cuantos garabatos. Con todo, podrían ir en la primera hoja del libro.

—Ya me ocuparé de esos detalles. Muéstrame lo que escribían tus hombres.

Sacó del bolsillo una hoja de carta, con un solo renglón escrito, y yo la guardé.

—¿Qué se supone que esto significa?

—Ah, no sé. Yo pensé que podía significar: «Estoy cansadísimo». Es absurdo —repitió—, pero esas personas del barco me parecen tan reales como nosotros. Escriba pronto el cuento; me gustaría verlo publicado.

—Pero todo lo que has dicho daría para un libro muy extenso.

—Hágalo, entonces. No tiene más que sentarse y escribirlo.

—Dame tiempo. ¿No tienes más ideas?

—Por ahora, no. Estoy leyendo todos los libros que compré. Son espléndidos.

Cuando se fue, miré la hoja de papel con la inscripción. Después me agarré la cabeza delicadamente con ambas manos, para asegurarme de que no iba a caerse o empezar a dar vueltas... Después... Pero me pareció que no hubo transición entre salir de casa y encontrarme discutiendo con un policía ante una puerta marcada «Entrada prohibida» en un corredor del Museo Británico. Lo que yo exigía, con toda la cortesía posible, era ver al «hombre de las antigüedades griegas». El policía todo lo ignoraba, salvo el reglamento del museo, y fue necesario explorar todos los pabellones y oficinas del edificio. Un señor de edad interrumpió su almuerzo y puso término a mi búsqueda tomando la hoja de papel entre el pulgar y el índice y mirándola con desdén.

—¿Qué significa esto? Veamos —dijo—, si no me engaño es un texto en griego sumamente corrompido, redactado por alguien —aquí me clavó los ojos— extraordinariamente iletrado.

Leyó con lentitud:

—Pollock, Erkmann, Tauchnitz, Hennicker, cuatro nombres que me son familiares.

—¿Puede decirme lo que significa ese texto?

—He sido... muchas veces... vencido por el cansancio en este menester. Eso es lo que significa.

Me devolvió el papel; me marché sin una palabra de agradecimiento, de explicación o de disculpa.

Mi distracción era perdonable. A mí, entre todos los hombres, me había sido otorgada la oportunidad de escribir la historia más admirable del mundo, nada menos que la historia de un galeote griego, contada por él mismo.

No era raro que los sueños le parecieran reales a Charlie. Las Parcas, tan cuidadosas en cerrar las puertas de cada vida sucesiva, se habían distraído esta vez, y Charlie había mirado, sin saberlo, lo que a nadie le había sido permitido mirar con pleno conocimiento de causa desde el principio de los tiempos. Ignoraba enteramente el conocimiento que me había vendido por cinco libras; y perseveraría en esa ignorancia porque los empleados de banco no comprenden la metempsicosis, y una buena educación comercial no incluye el conocimiento del griego. Me suministraría —aquí bailé, entre los mudos dioses egipcios, y me reí en sus caras mutiladas— materiales que darían certidumbre a mi cuento: una certidumbre tan grande que el mundo lo recibiría como una insolente y artificiosa ficción. Y yo, solo yo sabría que era absoluta y literalmente cierto. Esa joya estaba en mi mano para que yo la puliera y cortara. Volví a bailar entre los dioses del patio egipcio, hasta que un policía me vio y empezó a acercarse.

Ahora solo había que alentar la conversación de Charlie, y eso no era difícil; pero había olvidado los malditos libros de versos. Volvía, inútil como un fonógrafo recargado, ebrio de Byron, de Shelley o de Keats. Sabiendo lo que el muchacho había sido en sus vidas anteriores, y desesperadamente ansioso de no perder una palabra de su charla, no pude ocultarle mi respeto y mi interés. Los tomó como respeto por el alma actual de Charlie Mears, para quien la vida era tan nueva como lo fue para Adán, y como interés por sus lecturas; casi agotó mi paciencia, recitando versos, no suyos, sino ajenos. Llegué a desear que todos los poetas ingleses desaparecieran de la memoria de los hombres. Calumnié las glorias más puras de la poesía, porque desviaban a Charlie de la narración directa y lo estimulaban a la imitación; pero sofrené mi impaciencia hasta que se agotó el ímpetu inicial de entusiasmo y el muchacho volvió a los sueños.

—¿Para qué le voy a contar lo que yo pienso cuando esos tipos escribieron para los ángeles? —exclamó una tarde—. ¿Por qué no escribe usted algo así?

—Creo que no te portas muy bien conmigo —dije conteniéndome.

—Ya le di el argumento —dijo con sequedad, prosiguiendo la lectura de Byron.

—Pero quiero detalles.

—¿Esas cosas que invento sobre ese maldito barco que usted llama «galera»? Son facilísimas. Usted mismo puede inventarlas. Suba un poco la llama, quiero seguir leyendo.

Le hubiera roto en la cabeza la lámpara del gas. Por supuesto, yo mismo podría haber inventado cosas si supiera lo que Charlie ignoraba que sabía. Pero como detrás de mí estaban cerradas las puertas, tenía que aceptar sus caprichos y mantener despierto su buen humor. Una distracción momentánea podía dar al traste con una revelación inestimable. A veces dejaba los libros —los guardaba en mi casa, porque a su madre le hubiera escandalizado el gasto de dinero que representaban— y se perdía en sueños marinos. De nuevo maldije a todos los poetas de Inglaterra. La mente plástica del empleado de banco estaba recargada, coloreada y deformada por las lecturas, y el resultado era una red confusa de voces ajenas como el zumbido múltiple de un teléfono de oficina, en la hora más atareada.

Hablaba de la galera —de su propia galera, aunque no lo sabía— con imágenes que tomaba prestadas de *La novia de Abydos*. Subrayaba las aventuras del héroe con citas del *Corsario* y agregaba desesperadas y profundas reflexiones morales de *Caín* y de *Manfredo* esperando que yo las aprovechara. Solo cuando hablábamos de Longfellow, esos remolinos se enmudecían, y yo sabía que Charlie decía la verdad, tal como la recordaba.

—¿Esto qué te parece? —le dije una tarde en cuanto comprendí el ambiente más favorable para su memoria, y antes de que protestara leí casi íntegra la *Saga del rey Olaf*.

Escuchaba atónito, golpeando con los dedos el respaldo del sofá, hasta que llegué a la canción de Einar Tamberskelver y a la estrofa:

> *Einar then, the arrow taking*
> *From the loosened string,*
> *Answered: That was Norway breaking*
> *'Neath thy hand, O King.*[4]

Se estremeció de puro deleite verbal.

—¿Es un poco mejor que Byron? —aventuré.

—¡Mejor! Es *cierto*. ¿Cómo lo sabría Longfellow?

Repetí una estrofa anterior:

> *What was that? said Olaf, standing*
> *On the quarter-deck,*
> *Something heard I like the stranding*
> *Of a shattered wreck.*[5]

—¿Cómo podía saber cómo los barcos se destrozan, y los remos saltan y hacen zzzzp contra la costa? Anoche apenas... Pero siga leyendo, por favor, quiero volver a oír *The Skerry of Shrieks*.

—No, estoy cansado. Hablemos. ¿Qué es lo que sucedió anoche?

—Tuve un sueño terrible sobre esa galera nuestra. Soñé que me ahogaba en una batalla. Abordamos otro barco, en un puerto. En el agua la calma era total, salvo donde la golpeaban los remos. ¿Usted sabe cuál es mi sitio en la galera?

---

4   Einar, sacando la flecha / de la aflojada cuerda, / dijo: Era Noruega la que se quebraba / bajo tu mano, rey.

5   ¿Qué fue eso?, dijo Olaf, erguido / en el puente de mando, / un ruido como de barco / roto contra la costa.

Al principio hablaba con vacilación, presa de ese temor propio de todo buen inglés: que se rieran de él.

—No, es una novedad para mí —respondí humildemente, y ya me latía el corazón.

—El cuarto remo a la derecha, a partir de la proa, en la cubierta de arriba. Éramos cuatro en ese remo, todos encadenados. Me recuerdo mirando el agua y tratando de sacarme las esposas antes de que empezara la pelea. Luego nos arrimamos al otro barco, y sus combatientes nos abordaron, y se rompió mi banco, y quedé inmóvil, con los tres compañeros encima y el remo grande atravesado sobre nuestras espaldas.

—¿Y?

Los ojos de Charlie estaban encendidos y vivos. Miraba la pared, detrás de mi asiento.

—No sé cómo peleamos. Los hombres me pisoteaban la espalda y yo estaba quieto. Luego, nuestros remeros de la izquierda (atados a sus remos, ya sabe) gritaron y empezaron a remar hacia atrás. Oía el chirrido del agua, giramos como un escarabajo y comprendí, sin necesidad de ver, que una galera iba a embestirnos con el espolón, por el lado izquierdo. Apenas pude levantar la cabeza y ver su velamen sobre la borda. Queríamos recibirla con la proa; pero era muy tarde. Solo pudimos girar un poco porque el barco de la derecha se nos había enganchado y nos detenía. Entonces, vino el choque. Los remos de la izquierda se rompieron cuando el otro barco, el que se movía, les metió la proa. Los remos de la cubierta de abajo reventaron las tablas del piso, con el cabo para arriba, y uno de ellos vino a caer cerca de mi cabeza.

—¿Cómo sucedió eso?

—La proa de la galera que se movía los empujaba para adentro y había un estruendo ensordecedor en las cubiertas inferiores. El espolón nos agarró por el medio y nos ladeamos, y los hombres de la otra galera desengancharon los garfios y las amarras, y tiraron cosas en la cubierta de arriba (flechas, alquitrán ardiendo o algo que quemaba), y nos empinamos más y más por el lado izquierdo, y el derecho se sumergió, y volví la cabeza y vi el agua inmóvil cuando sobrepasó la borda, y luego se enroscó y derrumbó sobre nosotros, y recibí el golpe en la espalda, y me desperté.

—Un momento, Charlie. Cuando el mar sobrepasó la borda, ¿qué parecía?

Tenía mis razones para preguntarlo. Un conocido mío había naufragado una vez en un mar en calma y había visto el agua horizontal detenerse un segundo antes de caer en la cubierta.

—Parecía una cuerda de violín, tirante, y pareció durar siglos —dijo Charlie.

Precisamente. El otro había dicho: «Parecía un hilo de plata estirado sobre la borda, y pensé que nunca iba a romperse». Había pagado con todo lo que tenía, salvo la vida, ese pequeño dato sin valor, y yo había atravesado diez mil leguas para encontrarme a aquel hombre y obtener aquella información de segunda mano. Pero Charlie, con sus veinticinco chelines semanales, con su vida reglamentada y urbana, lo sabía muy bien. No era consuelo para mí que, una vez en sus vidas, hubiera tenido que morir para aprenderlo. Yo también debí de morir muchas veces; pero detrás de mí, para que no empleara mi conocimiento, habían cerrado las puertas.

—¿Y entonces? —dije tratando de alejar el demonio de la envidia.

—Lo más raro, sin embargo, es que todo ese estruendo no me causaba miedo ni asombro. Me parecía haber estado en muchas batallas, porque así se lo repetí a mi compañero. Pero el canalla del capataz no quería desatarnos las cadenas y darnos una oportunidad de salvación. Siempre decía que nos daría la libertad después de una batalla. Pero eso nunca sucedía, nunca.

Charlie movió la cabeza tristemente.

—¡Qué canalla!

—No hay duda. Nunca nos daba bastante comida y a veces teníamos tanta sed que bebíamos agua salada. Todavía me queda el gusto en la boca.

—Cuéntame algo del puerto donde ocurrió el combate.

—No soñé sobre eso. Sin embargo, sé que era un puerto; estábamos amarrados a una argolla en una pared blanca y la superficie de la piedra, bajo el agua, estaba recubierta de madera para que no se astillara nuestro espolón cuando la marea nos hamacara.

—Eso es interesante. El héroe mandaba la galera. ¿No es verdad?

—Claro que sí, estaba en la proa y gritaba como un diablo. Fue el hombre que mató al capataz.

—Pero ¿ustedes se ahogaron todos juntos, Charlie?

—No acabo de entenderlo —dijo, perplejo—. Sin duda la galera se hundió con todos los de a bordo, pero me parece que el héroe siguió viviendo. Tal vez se pasó al otro barco. No pude ver eso, naturalmente; yo estaba muerto.

Tuvo un ligero escalofrío y repitió que no podía acordarse de nada más.

No insistí, pero para cerciorarme de que ignoraba el funcionamiento de su alma le di la *Transmigración* de Mortimer Collins y le reseñé el argumento.

—Qué disparate —dijo con franqueza al cabo de una hora—; no comprendo ese enredo sobre sobre Marte, el planeta rojo, y el rey y todo lo demás. Deme el libro de Longfellow.

Se lo entregué y escribí lo que pude recordar de su descripción del combate naval, consultándolo a ratos para que corroborara un detalle o un hecho. Contestaba sin levantar los ojos del libro, seguro, como si todo lo que sabía estuviera impreso en las hojas. Yo lo interrogaba en voz baja, para no romper la corriente, y sabía que ignoraba lo que decía, porque sus pensamientos estaban en el mar, con Longfellow.

—Charlie —le pregunté—, cuando se amotinaban los remeros de las galeras, ¿cómo mataban a los capataces?

—Arrancaban los bancos y se los rompían en la cabeza. Eso ocurrió durante una tormenta. Un capataz, en la cubierta de abajo, se resbaló y cayó entre los remeros. Sigilosamente, lo estrangularon contra el borde, con las manos encadenadas; había demasiada oscuridad para que el otro capataz pudiera ver. Cuando preguntó qué sucedía, lo arrastraron también y lo estrangularon; y los hombres fueron abriéndose camino hasta arriba, cubierta por cubierta, con los pedazos de los bancos rotos colgando y golpeando tras ellos. ¡Cómo vociferaban!

—¿Y qué pasó después?

—No sé. El héroe se fue, con el pelo colorado, la barba colorada, y todo. Pero antes capturó nuestra galera, me parece.

El sonido de mi voz lo irritaba. Hizo un leve ademán con la mano izquierda como si lo molestara una interrupción.

—No me habías dicho que tenía el pelo colorado, o que capturó la galera —dije al cabo de un rato.

Charlie no alzó los ojos.

—Era rojo como un oso rojo —dijo distraído—. Venía del norte; así lo dijeron en la galera cuando pidió remeros. No esclavos: hombres libres. Después, años y años después, otro barco nos trajo noticias suyas, o él volvió...

Sus labios se movían en silencio. Repetía, absorto, el poema que tenía ante los ojos.

—¿Dónde había ido?

Casi lo dije en un susurro para que la frase llegara con suavidad a la sección del cerebro de Charlie que trabajaba para mí.

—A las Playas, las Largas y Prodigiosas Playas —respondió al cabo de un minuto.

—¿A Furdurstrandi? —pregunté, temblando de los pies a la cabeza.

—Sí, a Furdurstrandi. —Pronunció la palabra de un modo nuevo—. Y yo vi, también...

La voz se apagó.

—¿Sabes lo que has dicho? —grité con imprudencia.

Levantó los ojos, despierto.

—No —dijo secamente—. Déjeme leer en paz. Oiga esto:

> *But Othere, the old sea captain,*
> *He neither paused nor stirred*
> *Till the king listened, and then*
> *Once more took up his pen*
> *And wrote down every word.*

And to the King of the Saxons
In witness of the truth.
Raising his noble head,
He stretched his brown hand and said,
Behold this walrus tooth.[6]

»¡Qué hombres habrán sido esos para navegarse los mares sin saber cuándo tocarían tierra!

—Charlie —rogué—, si te portas bien un minuto o dos, haré que nuestro héroe valga tanto como Othere.

—Es de Longfellow el poema. No me interesa escribir. Quiero leer.

Ya no había nada que hacer; maldiciendo mi mala suerte, decidí dejarlo en paz.

Imagínense ante la puerta de los tesoros del mundo, guardada por un niño —un niño irresponsable y holgazán, jugando a cara o cruz— de cuyo capricho depende el don de la llave, y comprenderán mi tormento. Hasta esa tarde Charlie no había hablado de nada que no correspondiera a las experiencias de un galeote griego. Pero, ahora, o bien mentían los libros o había recordado alguna desesperada aventura de los vikingos, del viaje de Thorfin Karlsefne a Vinland, que es América, en el siglo nueve o diez. Había visto la batalla en el puerto; había referido su propia muerte.

---

6 Pero Othere, el viejo capitán, / no se detuvo ni se movió / hasta que el rey escuchó, y entonces / volvió a tomar la pluma / y transcribió cada palabra. / Y al rey de los Sajones, / como prueba de la verdad, / levantando su noble rostro, / estiró la curtida mano y dijo: / mire este colmillo de morsa.

Pero esta otra inmersión en el pasado era aún más extraña. ¿Habría omitido una docena de vidas y oscuramente recordaba ahora un episodio de mil años después? Era un enredo inextricable y Charlie Mears, en su estado normal, era la última persona del mundo para solucionarlo. Solo me quedaba vigilar y esperar, pero esa noche me inquietaron las imaginaciones más ambiciosas. Nada era imposible si no fallaba la detestable memoria de Charlie.

Podía volver a escribir la *Saga de Thorfin Karlsefne* como nunca la habían escrito, podía referir la historia del primer descubrimiento de América, siendo yo mismo el descubridor. Pero yo estaba a la merced de Charlie y, mientras él tuviera a su alcance un ejemplar de los *Clásicos para todos,* no hablaría. No me atreví a maldecirlo abiertamente, apenas me atrevía a estimular su memoria, porque se trataba de experiencias de hace mil años narradas por la boca de un muchacho contemporáneo, y a un muchacho le afectan todos los cambios de opinión y aunque quiera decir la verdad tiene que mentir.

Pasé una semana sin ver a Charlie. Lo encontré en Gracechurch Street con un libro de contabilidad encadenado a la cintura. Tenía que atravesar el Puente de Londres por temas de trabajo y lo acompañé. Estaba muy orgulloso de ese libro de contabilidad. Nos detuvimos en la mitad del puente para mirar un vapor que descargaba grandes lajas de mármol blanco y amarillo. En una barcaza que pasó junto al vapor, mugió una vaca solitaria. La cara de Charlie se alteró; ya no era la de un empleado de banco, sino otra, desconocida y más despierta. Estiró el brazo sobre el parapeto del puente y, riéndose muy fuerte, dijo:

—Cuando bramaron *nuestros* toros, los Skroelings huyeron.

La barcaza y la vaca habían desaparecido detrás del vapor antes de que yo encontrara palabras.

—Charlie, ¿qué te imaginas que son los Skroelings?

—Es la primera vez en la vida que oigo hablar de ellos. Parece el nombre de una nueva clase de gaviotas. ¡Qué preguntas se le ocurren a usted! —contestó—. Tengo que verme con el cajero de la compañía de ómnibus. ¿Me espera un rato y almorzamos juntos en algún restaurante? Tengo una idea para un poema.

—No, gracias. Me voy. ¿Estás seguro de que no sabes nada de los Skroelings?

—No, a menos que estén inscritos en el *clásico* de Liverpool.

Saludó y desapareció entre la gente.

Está escrito en la *Saga de Eric el Rojo* o en la de *Thorfin Karlsefne* que hace novecientos años, cuando las galeras de Karlsefne llegaron a las barracas de Leif, erigidas por este en la desconocida tierra de Markland, que era tal vez Rhode Island, los Skroelings —solo Dios sabe quiénes eran— vinieron a traficar con los vikingos y huyeron porque los aterró el bramido de los toros que Thorfin había traído en las naves. Pero ¿qué podía saber de esa historia un esclavo griego? Erré por las calles, tratando de resolver el misterio, y cuanto más lo consideraba, menos lo entendía. Solo una cosa me parecía cierta, y esa certidumbre me dejó atónito. Si el porvenir me deparaba algún conocimiento íntegro, no sería el de una de las vidas del alma en el cuerpo de Charlie Mears, sino el de muchas, muchas existencias individuales y distintas, vividas en las aguas azules en la mañana del mundo.

Examiné después la situación.

Me parecía una amarga injusticia que me fallara la memoria de Charlie cuando más la precisaba. A través de la neblina y el humo alcé la mirada, ¿sabían los Señores de la Vida y la Muerte lo que esto significaba para mí? Eterna fama, conquistada y compartida por uno solo. Me contentaría —recordando a Clive, mi propia moderación me asombró— con el mero derecho de escribir un solo cuento, de añadir una pequeña contribución a la literatura frívola de la época. Si a Charlie le permitieran una hora —sesenta pobres minutos— de perfecta memoria de existencias que habían abarcado mil años, yo renunciaría a todo el provecho y la gloria que podría valerme su confesión. No participaría en la agitación que sobrevendría en aquel rincón de la tierra que se llama «el mundo». La historia se publicaría anónimamente. Haría creer a otros hombres que ellos la habían escrito. Ellos alquilarían ingleses de cuello duro para que la vociferaran al mundo. Los moralistas fundarían una nueva ética, jurando que habían apartado de los hombres el temor de la muerte. Todos los orientalistas de Europa la apadrinarían verbosamente, con textos en pali y en sánscrito. Atroces mujeres inventarían impuras variantes de los dogmas que profesarían los hombres para instrucción de sus hermanas. Disputarían las iglesias y las religiones. Al subir a un ómnibus preví las polémicas de media docena de sectas, igualmente fieles a la «Doctrina de la verdadera Metempsicosis en sus aplicaciones a la Nueva Era y al Universo», y vi también a los decentes diarios ingleses dispersándose, como hacienda espantada, ante la perfecta simplicidad de mi cuento. La imaginación recorrió cien, doscientos, mil años de futuro. Vi con pesar que los hombres mutilarían y pervertirían la historia; que las sectas rivales la deformarían hasta que el mundo occidental, aferrado al temor de la muerte y no a la esperanza de la vida, la descartaría como una superstición interesante y se entregaría a alguna fe ya tan olvidada que parecería nueva. Entonces modifiqué los términos de mi pacto con los Señores de la Vida y la Muerte. Que me dejaran saber, que me dejaran escribir esa historia, con la conciencia de registrar la verdad, y sacrificaría el manuscrito y lo

quemaría. Cinco minutos después de redactada la última línea, lo quemaría. Pero que me dejaran escribirlo, con entera confianza.

No hubo respuesta. Los llamativos colores de un anuncio del acuario me llamaron la atención. ¿No convendría poner a Charlie en manos de un hipnotizador? ¿Hablaría así de sus vidas pasadas? Si lo hacía y la gente lo creía... Pero Charlie se asustaría de la publicidad, o esta lo haría intolerable. Mentiría por vanidad o por miedo. No, estaría más seguro en mis manos.

—Son cómicos, ustedes los ingleses —dijo una voz.

Dándome la vuelta, me encontré con un conocido, un joven bengalí que estudiaba Derecho, un tal Grish Chunder, cuyo padre lo había mandado a Inglaterra para educarlo. El viejo era un funcionario hindú, jubilado; con una renta de cinco libras esterlinas al mes, lograba dar a su hijo doscientas libras esterlinas al año y plena licencia en una ciudad donde fingía ser un príncipe y contaba cuentos de los brutales burócratas de la India, que oprimían a los pobres.

Grish Chunder era un joven y obeso bengalí, escrupulosamente vestido de levita y pantalón claro, con sombrero alto y guantes amarillos. Pero yo lo había conocido en los días en que el brutal Gobierno de la India pagaba sus estudios universitarios y él publicaba artículos sediciosos en el *Sachi Durpan* y tenía amores con las esposas de sus condiscípulos.

—Eso es muy cómico —dijo señalando el cartel—. Voy al Northbrook Club. ¿Quieres venir conmigo?

Caminamos juntos un rato.

—No estás bien —me dijo—. ¿Qué te preocupa? Estás silencioso.

—Grish Chunder, eres demasiado culto para creer en Dios, ¿no es verdad?

—Aquí sí. Pero cuando vuelva tendré que propiciar las supersticiones populares y cumplir ceremonias de purificación y mis esposas ungirán ídolos.

—Y se adornarán con *tulsi* y celebrarán el *purohit*, y te reintegrarán en la casta y otra vez harán de ti, librepensador avanzado, un buen *khuttri*. Y comerás comida *desi,* y todo te gustará, desde el olor del patio hasta el aceite de mostaza en tu cuerpo.

—Me gustará muchísimo —dijo con franqueza Grish Chunder—. Una vez hindú, siempre hindú. Pero me gusta saber lo que los ingleses piensan que saben.

—Te contaré una cosa que un inglés sabe. Para ti es una vieja historia.

Empecé a contar en inglés la historia de Charlie; pero Grish Chunder me hizo una pregunta en hindustaní, y el cuento prosiguió en el idioma que más le convenía. Al fin y al cabo, nunca hubiera podido contarse en inglés. Grish Chunder me escuchaba, asintiendo de tiempo en tiempo, y después subió a mi departamento, donde concluí la historia.

—*Beshak* —dijo filosóficamente—. *Lekin darwaza band hai* («Sin duda; pero está cerrada la puerta»). He oído, entre mi gente, estos recuerdos de vidas previas. Es una vieja historia entre nosotros, pero que le suceda a un inglés, a un *mlechh* alimentado con carne de vaca, un descastado... Por Dios, esto es rarísimo.

—¡Más descastado serás tú, Grish Chunder! Todos los días comes carne de vaca. Pensemos bien la cosa. El muchacho recuerda sus encarnaciones.

—¿Lo sabe? —dijo tranquilamente Grish Chunder, sentado en la mesa, balanceando las piernas. Ahora hablaba en inglés.

—No sabe nada. ¿Acaso te lo contaría si lo supiera? Continúa.

—No hay nada que continuar. Si lo cuentas a tus amigos, dirán que estás loco y lo publicarán en los diarios. Supongamos, ahora, que los acusas por calumnia.

—No nos metamos en eso, por ahora. ¿Hay una esperanza de hacerlo hablar?

—Hay una esperanza. Pero si hablara, todo este mundo *(instanto)* se derrumbaría en tu cabeza. Tú sabes que esas cosas están prohibidas. La puerta está cerrada.

—¿No hay ninguna esperanza?

—¿Cómo puede haberla? Eres cristiano y en tus libros está prohibido el fruto del árbol de la Vida, o nunca morirías. ¿Cómo van a temer la muerte si todos saben lo que tu amigo no sabe que sabe? Tengo miedo de los azotes, pero no tengo miedo de morir porque sé lo que sé. Ustedes no temen los azotes, pero temen la muerte. Si no la temieran, ustedes los ingleses se llevarían el mundo por delante en una hora, rompiendo los equilibrios de las potencias y haciendo conmociones. No sería bueno, pero no hay miedo. Se acordará menos y menos y dirá que es un sueño. Luego se olvidará. Cuando pasé el bachillerato en Calcuta, esto estaba en la crestomatía de Wordsworth, *Arrastrando nubes de gloria,* ¿te acuerdas?

—Esto parece una excepción.

—No hay excepciones a las reglas. Unas parecen menos rígidas que otras, pero son iguales. Si tu amigo contara tal y tal cosa, indicando que recuerda todas sus vidas anteriores o una parte de una vida anterior, enseguida lo expulsarían del banco. Lo echarían, como quien dice, a la calle, y lo enviarían a un manicomio. Eso lo admitirás, mi querido amigo.

—Claro que sí, pero no estaba pensando en él. Su nombre no tiene por qué aparecer en la historia.

—Ah, ya lo veo, esa historia nunca se escribirá. Puedes probar.

—Voy a probar.

—Por tu honra y por el dinero que ganarás, por supuesto.

—No, por el hecho de escribirla. Palabra de honor.

—Aun así no podrás. No se juega con los dioses. Ahora es un lindo cuento. No lo toques. Apresúrate, no durará.

—¿Qué quieres decir?

—Lo que digo. Hasta ahora no ha pensado en una mujer.

—¿Cómo que no? —Recordé algunas de las confidencias de Charlie.

—Quiero decir que ninguna mujer ha pensado en él. Cuando eso pase, *bus-hogya,* se acabó. Lo sé. Hay millones de mujeres aquí. Criadas, por ejemplo. Te besan detrás de la puerta.

La sugestión me incomodó. Sin embargo, nada más verosímil.

Grish Chunder sonrió.

—Sí. También muchachas lindas, de su sangre y no de su sangre. Un solo beso que devuelva y recuerde lo sanará de estas locuras, o...

—¿O qué? Recuerda que no sabe que sabe.

—Lo recuerdo. O, si nada sucede, se entregará al comercio y a la especulación financiera, como los demás. Tiene que ser así. No me negarás que tiene que ser así. Pero la mujer vendrá primero, me parece.

Golpearon a la puerta; entró Charlie. Le habían dejado la tarde libre en la oficina; su mirada anunciaba el propósito

de una larga conversación, y tal vez poemas en los bolsillos. Los poemas de Charlie eran muy fastidiosos, pero a veces le hacían hablar de la galera.

Grish Chunder lo miró agudamente.

—Disculpe —dijo Charlie, incómodo—. No sabía que estaba con visitas.

—Me voy —dijo Grish Chunder.

Me llevó al vestíbulo, al despedirse:

—Este es el hombre —dijo rápidamente—. Te repito que nunca contará lo que esperas. Pero sería muy apto para ver cosas. Podríamos fingir que es un juego —nunca había visto tan excitado a Grish Chunder— y hacerle mirar el espejo de tinta en la mano. ¿Qué te parece? Te aseguro que puede ver todo lo que el hombre puede ver. Déjame buscar la tinta y el alcanfor. Es un vidente y nos revelará muchas cosas.

—Será todo lo que tú dices, pero no voy a entregarlo a tus dioses y a tus demonios.

—No le hará mal; un poco de mareo al despertarse. No será la primera vez que habrás visto a muchachos mirar el espejo de tinta.

—Por eso mismo no quiero volver a verlo. Más vale que te vayas, Grish Chunder.

Se fue, repitiendo que yo perdía mi única esperanza de interrogar al porvenir.

Esto no me importó, porque solo me interesaba el pasado y para ello de nada podían servir muchachos hipnotizados consultando espejos de tinta.

—Qué negro desagradable —dijo Charlie cuando volví—. Mire, acabo de escribir un poema; lo escribí en vez de jugar al dominó después de almorzar. ¿Se lo leo?

—Lo leeré yo.

—Pero usted no le da la entonación adecuada. Además, cuando usted los lee, parece que las rimas estuvieran mal.

—Léelo en voz alta, entonces. Eres como todos los otros.

Charlie me declamó su poema; no era muy inferior al término medio de su obra. Había leído sus libros con obediencia, pero le desagradó oír que yo prefería a Longfellow incontaminado de Charlie.

Luego recorrimos el manuscrito, línea a línea. Charlie esquivaba todas las objeciones y las correcciones con esta frase:

—Sí, tal vez quede mejor, pero usted no comprende adónde voy.

En eso, Charlie se parecía a muchos poetas.

En el reverso del papel había unos apuntes a lápiz.

—¿Qué es eso? —le pregunté.

—No son versos ni nada. Son unos disparates que escribí anoche, antes de acostarme. Me daba trabajo buscar rimas y los escribí en verso libre.

Aquí están los *versos libres* de Charlie:

We pulled for you when the wind was against us and
the sails were low.
Will you never let us go?

We ate bread and onions when you took towns, or ran
aboard quickly when you were beaten back by the foe.
The captains walked up and down the deck in fair
weather singing songs, but we were below.
We fainted with our chins on the oars and you did not see
that we were idle, for we still swung to and fro.
Will you never let us go?

The salt made the oar-handles like shark skin; our knees
were cut to the bone with salt cracks; our hair was stuck
to our foreheads; and our lips were cut to our gums, and
you whipped us because we could not row.
Will you never let us go?

But in a little time we shall run out of the portholes as
the water runs along the oar blade, and though you tell
the others to row after us you will never catch us till you
catch the oar-thresh and tie up the winds in the belly of
the sail. Aho!
Will you never let us go? [7]

---

7   Hemos remado con el viento en contra y con las velas bajas. / ¿Nunca nos soltaréis? /
Comimos pan y cebolla cuando os apoderabais de las ciudades; corrimos a bordo cuando el enemigo os rechazaba. / Los capitanes caminaban por la cubierta cuando hacía
buen tiempo, pero nosotros estábamos abajo. / Nos desmayábamos con el mentón en los
remos; no veíais que estábamos ociosos, porque aún sacudíamos los remos adelante y
atrás. / ¿Nunca nos soltaréis? / La sal volvía los cabos de los remos ásperos como la piel
de los tiburones; el agua salada nos ajaba las rodillas hasta los huesos; el pelo se nos pe-
gaba en la frente; nuestros labios deshechos mostraban las encías. Nos azotabais porque
no seguíamos remando. / ¿Nunca nos soltaréis? / Pero en breve nos iremos por los esco-
benes como el agua que se va por el remo y aunque los otros remen detrás, nunca nos
agarraréis hasta que atrapéis la espuma de los remos y atéis los vientos al hueco de la
vela. / ¿Nunca nos soltaréis?

—Algo así podrían cantar en la galera, ya sabe. ¿Nunca va a concluir ese cuento y darme parte de las ganancias?

—Depende de ti. Si desde el principio me hubieras hablado un poco más del héroe, ya estaría concluido. Eres tan impreciso...

—Solo quiero darle la idea general...; el andar de un lado para otro, y las peleas, y lo demás. ¿Usted no puede suplir lo que falta? Hacer que el héroe salve de los piratas a una muchacha y se case con ella o algo por el estilo.

—De verdad que como colaborador no tienes precio. Supongo que al héroe le ocurrieron algunas aventuras antes de casarse.

—Bueno, hágalo un tipo muy hábil, una especie de canalla (que ande haciendo tratados y rompiéndolos), un hombre de pelo negro que se oculta tras el mástil en las batallas.

—El otro día dijiste que tenía el pelo colorado.

—No puedo haber dicho eso. Hágalo moreno, por supuesto. Usted no tiene imaginación.

Como yo había descubierto en ese instante los principios de la memoria imperfecta que se llama «imaginación», casi me reí, pero me contuve para salvar el cuento.

—Es verdad; tú sí tienes imaginación. Un tipo de pelo negro en un buque de tres cubiertas —dije.

—No, un buque abierto, como un gran bote.

Era para volverse loco.

—Tu barco está descrito y construido, con techos y cubiertas; así lo has dicho.

—No, no ese barco. Ese era abierto, o semiabierto, porque... Claro, tiene razón. Usted me hace pensar que el héroe es el tipo de pelo colorado. Claro, si es el de pelo colorado, el barco tiene que ser abierto, con las velas pintadas.

Ahora se acordará, pensé, de que ha trabajado en dos galeras, una griega, de tres cubiertas, bajo el mando del «canalla» de pelo negro; otra, un *dragón* abierto de vikingo, bajo el mando del hombre «rojo como un oso rojo» que arribó a Markland. El diablo me impulsó a hablar.

—¿Por qué «claro», Charlie?

—No sé. ¿Usted se está riendo de mí?

Se había cortado la corriente. Tomé una libreta y fingí hacer muchos apuntes.

—Da gusto trabajar con un muchacho imaginativo como tú —dije al rato—. Es realmente admirable cómo has definido el carácter del héroe.

—¿Le parece? —contestó ruborizándose—. A veces me digo que valgo más de lo que mi ma..., de lo que la gente piensa.

—Vales muchísimo.

—Entonces, ¿puedo mandar un artículo sobre Costumbres de los Empleados de Banco al *Tit-Bits* y ganar una libra esterlina de premio?

—No era, precisamente, lo que quería decir. Quizá valdría más esperar un poco y adelantar el cuento de la galera.

—Sí, pero no llevará mi firma. *Tit-Bits* publicará mi nombre y mi dirección si gano. ¿De qué se ríe? Claro que lo publicarían.

—Ya sé. ¿Por qué no vas a dar una vuelta? Quiero revisar las notas de nuestro cuento.

Este vituperable joven que se había ido, algo ofendido y desalentado, había sido tal vez remero del Argos e, innegablemente, esclavo o compañero de Thorfin Karlsefne. Por eso le interesaban profundamente los concursos de *Tit-Bits*. Recordando lo que me había dicho Grish Chunder, me reí fuerte. Los Señores de la Vida y la Muerte nunca permitirían que Charlie Mears hablara plenamente de sus pasados, y para completar su revelación yo tendría que recurrir a mis invenciones precarias, mientras que él hacía su artículo sobre empleados de banco.

Reuní mis notas; las leí: el resultado no era satisfactorio. Volví a leerlas. No había nada que no hubiera podido extraerse de libros ajenos, salvo quizá la historia de la batalla en el puerto. Las aventuras de un vikingo habían sido noveladas ya muchas veces; la historia de un galeote griego tampoco era nueva y, aunque yo escribiera las dos, ¿quién podría confirmar o impugnar la veracidad de los detalles? Tanto me valdría redactar un cuento del porvenir. Los Señores de la Vida y la Muerte eran tan astutos como lo había insinuado

Grish Chunder. No dejarían pasar nada que pudiera inquietar o apaciguar el ánimo de los hombres. Aunque estaba convencido de eso, no podía abandonar el cuento. El entusiasmo alternaba con la depresión, no una vez, sino muchas en las siguientes semanas. Mi ánimo variaba con el sol de marzo y con las nubes indecisas. De noche, o en la belleza de una mañana de primavera, creía poder escribir esa historia y conmover a los continentes. En los atardeceres lluviosos percibí que podría escribirse el cuento, pero que no sería otra cosa que una pieza de museo apócrifa, con falsa pátina y falsa herrumbre. Entonces maldije a Charlie de muchos modos, aunque la culpa no era suya.

Parecía muy atareado en certámenes literarios; cada semana lo veía menos a medida que la primavera inquietaba la tierra. No le interesaban los libros ni hablar de ellos y había un nuevo aplomo en su voz. Cuando nos encontrábamos yo no proponía el tema de la galera; era Charlie el que lo iniciaba, siempre pensando en el dinero que podría producir su escritura.

—Creo que merezco por lo menos el veinticinco por ciento —dijo con hermosa franqueza—. He suministrado todas las ideas, ¿no es cierto?

Esa avidez era nueva en su carácter. Imaginé que la había adquirido en la City, que había empezado a influir en su acento desagradablemente.

—Cuando la historia esté concluida, hablaremos. Por ahora, no consigo adelantar. El héroe rojo y el héroe moreno son igualmente difíciles.

Estaba sentado junto a la chimenea, mirando las brasas.

—No veo cuál es la dificultad. Para mí está clarísimo —contestó—. Empecemos por las aventuras del héroe rojo, desde que capturó mi barco en el sur y navegó a las Playas.

Me cuidé muy bien de interrumpirlo. No tenía ni lápiz ni papel, y no me atreví a buscarlos para no cortar la corriente. La voz de Charlie descendió hasta el susurro y refirió la historia de la navegación de una galera hasta Furdurstrandi, de las puestas del sol en el mar abierto, vistas bajo la curva de la vela, tarde tras tarde, cuando el espolón se clavaba en el centro del disco declinante «y navegábamos por ese rumbo porque no teníamos otro», fueron las palabras de Charlie. Habló del desembarco en una isla y de la exploración de sus bosques, donde los marineros mataron a tres hombres que dormían bajo los pinos. Sus fantasmas, dijo Charlie, siguieron a nado la galera hasta que los hombres de a bordo echaron suertes y arrojaron al agua a uno de los suyos para aplacar a los dioses desconocidos a los que habían ofendido. Cuando escasearon las provisiones, se alimentaron de algas marinas y se les hincharon las piernas, y el capitán, el hombre de pelo rojo, mató a dos remeros amotinados, y al cabo de un año entre los bosques levaron anclas rumbo a la patria y un incesante viento los condujo con tanta fidelidad que todas las noches dormían. Esto, y mucho más, contó Charlie. A veces era tan baja la voz que las palabras resultaban imperceptibles. Hablaba de su jefe, el hombre rojo, como un pagano habla de su dios; porque él fue quien los alentaba y los mataba imparcialmente, según más les convenía; y él fue quien empuñó el timón durante tres noches entre hielo flotante, cada témpano abarrotado de extrañas fieras que «querían navegar con nosotros —dijo Charlie—, y las rechazábamos con los remos».

Cedió una brasa y el fuego, con un débil crujido, se desplomó tras los barrotes.

—Caramba —dijo con un sobresalto—. He mirado el fuego hasta marearme. ¿Qué iba a decir?

—Algo sobre la galera.

—Ahora recuerdo. Veinticinco por ciento del beneficio, ¿no es verdad?

—Lo que quieras, cuando el cuento esté listo.

—Quería estar seguro. Ahora debo marcharme. Tengo una cita.

Me dejó.

Si hubiera estado menos iluso habría comprendido que ese entrecortado murmullo junto al fuego era el canto de cisne de Charlie Mears. Lo creí preludio de una revelación total. Al fin burlaría a los Señores de la Vida y la Muerte.

Cuando volvió, lo recibí con entusiasmo. Charlie estaba incómodo y nervioso, pero los ojos le brillaban.

—Hice un poema —dijo. Y luego, rápidamente—: Es lo mejor que he escrito. Léalo.

Me lo dejó y retrocedió hacia la ventana.

Gemí para mis adentros. Sería tarea de una media hora criticar, es decir, alabar, el poema. No sin razón gemí, porque Charlie, abandonando el largo metro preferido, había ensayado versos más breves, versos con un evidente motivo. Esto es lo que leí:

> *The day is most fair, the cheery wind*
> *Halloos behind the hill,*
> *Where he bends the wood as seemeth good,*
> *And the sapling to his will!*
> *Riot, O wind; there is that in my blood*
> *That would not have thee still!*
> *She gave me herself, O Earth, O Sky;*
> *Grey sea, she is mine alone!*
> *Let the sullen boulders hear my cry,*
> *And rejoice tho' they be but stone!*
> *Mine! I have won her, O good brown earth,*
> *Make merry; 'Tis hard on Spring;*
> *Make merry; my love is doubly worth*
> *All worship your fields can bring!*
> *Let the hind that tills you feel my mirth*
> *At the early harrowing!* [8]

---

[8] El día es hermoso, el viento jocundo ulula detrás de la colina, / donde doblega el bosque a su antojo / y el renuevo, a su voluntad. / Amotínate, oh Viento, que hay algo en mi sangre / que rima con tu frenesí.
Hizo don de sí misma, oh Tierra, oh Cielo; / ¡mar gris, es toda mía! / ¡que los hoscos peñascos oigan mi grito / y se alegren aunque sean de piedra!

—El verso final es irrefutable —dije con miedo en el alma.
Charlie sonrió sin contestar.

> *Red cloud of the sunset, tell it abroad;*
> *I am Victor. Greet me, O Sun,*
> *Dominant master and absolute lord*
> *Over the soul of one!* [9]

—¿Y bien? —dijo Charlie, mirando sobre mi hombro.

Silenciosamente, puso una fotografía sobre el papel. La fotografía de una muchacha de pelo crespo y boca entreabierta y estúpida.

—¿No es... no es maravilloso? —murmuró, ruborizado hasta las orejas—. Yo no sabía, yo no sabía...; vino como un rayo.

—Sí, vino como un rayo. ¿Eres muy feliz, Charlie?

—Dios mío..., ella... me quiere.

Se sentó, repitiendo las últimas palabras. Miré la cara lampiña, los estrechos hombros ya agobiados por el trabajo de escritorio y pensé dónde, cuándo y cómo había amado en sus vidas anteriores.

Después la describió, como Adán debió de describir ante los animales del Paraíso la gloria y la ternura y la belleza de Eva. Supe, de paso, que estaba empleada en una cigarrería,

---

¡Mía! La he ganado, ¡oh, buena tierra parda, / regocíjate, la pimavera está próxima!; / regocíjate, mi amor vale dos veces / el culto que puedan rendirle vuestros campos. Que el labriego que te ara sienta mi dicha al madrugar para el trabajo.

9   Roja nube del ocaso, revélalo: Soy vencedor; / salúdame, oh Sol, amo total y señor absoluto sobre el alma de ella.

que le interesaba la moda y que ya le había dicho cuatro o cinco veces que ningún otro hombre la había besado.

Charlie hablaba y hablaba; yo, separado de él por millares de años, consideraba los principios de las cosas. Ahora comprendí por qué los Señores de la Vida y la Muerte cierran tan cuidadosamente las puertas detrás de nosotros. Es para que no recordemos nuestros primeros amores. Si no fuera así, el mundo quedaría despoblado en menos de un siglo.

—Ahora volvamos a la historia de la galera —le dije aprovechando una pausa.

Charlie me miró como si lo hubieran golpeado.

—¡La galera! ¿Qué galera? ¡Santo cielo, no bromee! Esto es serio. Usted no sabe hasta qué punto.

Grish Chunder tenía razón. Charlie había probado el amor de una mujer, que mata el recuerdo, y el cuento más hermoso del mundo nunca se escribiría.